RODRIGO TADEU GONÇALVES

# QUANDO O VERÃO

FOTOGRAFIA DE RAFAEL DABUL

RODRIGO TADEU GONÇALVES

# QUANDO O VERÃO

FOTOGRAFIA DE RAFAEL DABUL

KOTTER EDITORIAL

PATUÁ EDITORA
LIVROS SÃO AMULETOS

Editor: Sálvio Nienkötter

Editora-adjunta: Bárbara Tanaka

Editores-assistentes: Raul K. Souza e Valsui Júnior

Produção: Cristiane Nienkötter

Fotografia: Rafael Dabul

Projeto gráfico: Manoela Leão

Dados Internacionais de Catalogação na Publicação (CIP)

---

Gonçalves, Rodrigo Tadeu
Quando o verão / Rodrigo Tadeu Gonçalves / fotografias Rafael Dabul. -- Curitiba : Kotter Editorial, São Paulo : Patuá, 2018.
188 p. : il.

ISBN 978-85-68462-49-2
ISBN 978-85-8297-595-4

1. Poesia brasileira I. Título

---

CDD B869.1

Kotter Editorial Ltda.
Rua das Cerejeiras, 194
CEP: 82700-510 - Curitiba - PR
Tel. + 55(41) 3585-5161
www.kotter.com.br | contato@kotter.com.br

Editora Patuá
Rua Luís Murat, 40
CEP: 05436050 - São Paulo - SP
Tel. + 55 (11) 96548-0190
www.editorapatua.com.br | editorapatua@gmail.com

Feito o depósito legal
1ª Edição
2018

## PSICOTRÓPICAS

# PEQUENA E BREVE NOTA SOBRE O WU WEI DE RODRIGO GONÇALVES

*Marcelo Ariel*

A transfiguração parece ser o destino dos poemas, a transfiguração
da nossa vida comum, principalmente
nela a dor e o vazio são como energias
o devir da transfiguração se move de um silêncio até outro por
dentro dos poemas.
alguns poemas estabelecem um diálogo com um(uma) interlocutor(a)
silencioso(a) que talvez seja o
próprio silêncio
o riso nasce da amizade com o aberto, não no sentido rilkeano
apenas, mas no sentido oswaldiano, ele
aparece como um dos vetores de um distanciamento irônico
que é quase como uma engenharia da sutileza, mas ainda estamos
no terreno do místico, mas não do
estoico
não há aqui o endereço difuso, mas uma dicção que dobra a voz
para que a auto-investigação se torne epistolográfica
e se dobre para fora e também para a invenção de um fora
através dos raios da interioridade
que como a luz desenham uma curva na água
se pensarmos nela como a metáfora de um contra-espírito do tempo
este que é o verdadeiro ouvinte-interlocutor destas canções
em espelho para o enigma
da presença e da ausência
porque o enigma neste caso
elide a dicotomia
entre leitor e autor
entre mundo e antimundo
entre amor e memória

## QUANDO O VERÃO VOLTAR

a gente vai poder andar de bicicleta
não vai mais chover tanto
vou conseguir levantar
              que às vezes dói de tanto estar aqui
deitado só
enquanto espero a ligação
das minhas filhas
não têm mais tempo, dizem
é bom que daqui dá pra ver as plantas
de vez em quando elas vêm pra cuidar
molham podam
eu ensinei, lembra, desde cedo
tomei tanto torrão de sol

é sempre estranho quando ligam
parece que passou tão pouco
e tanto tempo só me chamavam de piá
eu esperava o cabelo branco
você teve antes, lembra
achava que só o gris da barba é que faria diferença
no fim ela chegou
eu achei que você ia ficar careca antes, lembra
no fim, fiquei bem cedo
passou pouco tempo
eu tava lá sentado contemplando a finitude
antecipando o fim que ainda não chegou
agora é bem mais lento o contemplar

quando o verão voltar
vou poder ficar sentado em vez de só de lado

vão tirar um pouco de coisa aqui do braço
queria era tomar uma com você
que nem a gente fazia
tantas vezes
lembra

quando eu ficava doente ela sempre cuidava
e eu sempre achava que ia morrer
agora vou
mas
demora tanto
ela já foi
os nossos já cresceram
você quase não vem
elas nunca ligam
não era assim que era comigo?

quando o verão voltar
a gente vai conseguir sentar aqui perto da janela
você, fantasma
eu que agora só consigo ler ouvindo
quando eu achava que tava ficando cego
ia ainda demorar tanto
no fim surdei
nem sei mais quando é que a outra vem
só pra me cuidar
lavar
lavar a bunda
você já tá assim também?
queria não ter mais que lavar a bunda
mas arde tudo
ela tem que lavar
me leva lá, o banheiro é pertinho

lava, cuida bem
as filhas pagam

quando o verão voltar
a gente vai ler de novo aquele livro seu
pra lubrificar os olhos
como que eu fazia quando ela tava grávida
acho que você fez também né
e as pequenas sempre ouviram a mesma história
desde a barriga
a mesma, que no fundo é sempre a mesma
quando você põe o pé na estrada você não sabe mais quando
volta
mas sempre volta
a história nunca cansa

quando o verão voltar a gente vai tomar uma sem álcool
bem gelada
acho que vou conseguir sentar naquele banco ali de fora
onde eu e ela tantas vezes contemplamos
o breve inesgotável tudo sempre agora
do sol quando ele vinha
das crias que vimos crescer
vou ter que te contar de novo
aquela outra vez
quando a gente fez de tudo pro mundo durar
no fim, durou

volte logo, sinto falta
as meninas vão ligar depois
preciso ficar acordado
não dói mais tanto
hoje eu consegui sentar

faz falta ler olhar o sol
mas amanhã não vai chover

lembra quando eles eram pequenos
            tudo era engraçado
ninguém se chateava
brigando por mesquinha
ria pequena
por coisa nada

era nesse quintal ou no seu?
esse banco tá aqui faz o que trinta?
ele mora com as plantas
invejo o palrear que eles fazem
é festa a madrugada escura aqui
eu juro que consigo ouvir

quando o verão voltar
aquelas trepadeiras brotam sobem tudo
bem no alto
lembra quando eu comecei a plantar
a gente estava tudo aqui
nossas mulheres filhos tanto amigo
o sol e a lata sempre gelada
passatempo desviava atenção
dessa contemplação da finitude
agora que demora tanto
cansa esperar

quando o verão voltar
vou te contar da minha vó
da sua vou ouvir de novo quando a gente ler aquele livro seu
a minha quis morrer quando morreu meu vô
não conseguiu, coitada

ficou na frente da tevê, aquilo que ela viu nascer
que nem nós que vimos nascer o rizoma infernal
que nunca mais deixou ninguém em paz
no fim ela morreu ano passado só
botou os filhos todos no caixão

quando o verão voltar
a gente vai andar de bicicleta
– ia ser bom, né
a gente vai fazer uma pipa
dessa vez ela vai voar
hoje não deu
tinha tanta coisa pra fazer
sempre tem
amanhã a gente faz
pega o bambu fininho que mora no quintal
do lado do banco e das beterrabas
que nós plantamos
vou achar uma bicicleta que te aguente
lembra quando sua prima caiu
e o braço descolou?
padrinho segurando o braço pendurado
mas ela nem chorou

quando o verão voltar eu vou conseguir te visitar
esse ano tá difícil
sempre cheio
trabalho
correria
falta grana
e você, que anda fazendo?
lembra quando o corinthians ganhou aquele jogo?
nem sei qual, você sabe

mas eu vou
aí você vai tomar aquela cerveja anual
despertar dessa tristeza
a gente vai marretar aquela janela lá atrás fazer
uma porta lembra

quando o verão voltar a gente vai poder
voltar a se falar
que agora eu sei não posso te ligar
você pediu
aquele tempo
aquele espaço
e eu fiquei contemplando a finitude
que desespero lembra

lembra aquela vez a gente andou umas seis horas
esqueceu o guarda-chuva
você odiou tanto
mas foi só um pouco
aquelas pedras, tantas
tinha uma que abraçamos e nem nós dois conseguimos dar a volta
era uma gruta num deserto
ninguém tinha ido lá
desde o neolítico
só nós, que é o que importava

quando o verão voltar eu vou contar aquela história
que você tanto gosta
a da aventura que começa no café da manhã
bem tranquilo
da primeira vez que te contei você nem tinha nascido ainda
da segunda, você pairava no abismo entre aventura e medo
e cada noite era um pedaço novo

sem livro, você dizia
lembra

quando o verão voltar eu vou lembrar aquela história
do pé na estrada, da estrada que vai sempre em frente
só lembro do começo e do final
o final é sempre melancólico
você não vai mais querer ouvir agora
tá tão ocupada
se arrumar um tempo pode vir ou me ligar
eu conto o que eu lembrar
aqui mesmo, ou naquele banco no quintal
não tô mais conseguindo cuidar
é muito sol
e chuva às vezes
sabe como é aqui
lembra

sabe quem mandou uma carta?
é, ainda mandam
de vez em quando
meu tio, aquele que ninguém nem nunca viu
ele mandou um postal
da islândia, parece, veja só
parece que ele existe mesmo
não te contei?

esses dias ela veio
te falei já que ela vem de vez em quando
senti ela chegar num arrepio
cresceu, cê tem que ver
ela disse que queria conhecer você

você não lembra dela né
cresceu do jeito dela sabe
que os ossos não permitem muito
eu sei, você me disse
mas ela veio
é que vem tão pouca gente
às vezes fico meio triste contemplando
a finitude que demora
demora tanto
e nunca vem

mas ela foi morar no céu, não foi na rua
lembra que você não entendeu
por que num dia ela morava aqui e no outro nunca mais
seu medo era de ela estar na rua

quando o verão voltar
e se você ficar
a gente faz um bolo
você faz, eu olho
não posso comer mais, você sabe
mas a gente faz juntos
eu te ensinei a fazer pão, lembra

quando você voltou me trouxe a vida que aguardei
fizemos filhas casa planos e jardim
valeu a pena

agora resta só dormir
porque o verão, ele sempre volta

um dia resolvi que precisava
num gesto de ofensiva impiedade

desafiar a finitude
e pus-me a versejar
mas era tudo tão pouco
não bastava

se sento aqui agora a contemplar
o que será de nós ao cabo ao fim
sabendo que ainda falta tanto tempo
mas ávido de dor por fim ao fim
enfim soçobra o tempo espectro só
mansão desabitada por todos viventes
por plantas que silentes mentem serem
plantas quando observam nosso ocaso
tão impassíveis rindo da ansiedade
que é o nosso só viver pra então morrer

fizemos casa filho amores mortes
palavras castas de louvor à própria glória
em gesto imoderado de explosão
desmesuradamente em desespero
por mero medo imenso de não ser
de ser sem senso de insondável gozo
de ser sem ser mais nada que uma planta é
mas planta não é nada é mais que nós
e ri bem lentamente no alto de sua copa
dançando noutro tempo no alto das madrugadas
enquanto esperam a aurora sempre vindo

era tudo tão mofado
fraco
frágil como o arroubo panteísta
que me fez achar que eu era mais
que o fim

oi, filho.
claro, lembro.
neto.
neto?
é. neto.

por pouco consegui
preenchi as tardes e as manhãs com culpa
no meu silêncio que só fez crescer

hoje a gente mal se fala
me dá esses rompantes verborrágicos
mas você sabe eu nunca fui assim
parece que nunca tive o que falar

lembra aquela vez que você ficou no banheiro
tinha uns sete anos. nove.
o banheiro era tudo o fim limite
de toda mortalidade
você quebrou aquela garrafa de coca
fechada
na pia branca
o banheiro todo branco
você só viu a sua mão toda cortada
vazando finitude
ninguém entendeu
lembra

aqueles cacos te agarraram pela carne
amarraram nesta vida
agora tá no fim você se lembra
é só isso
fechava o olho lembra tudo crescia

o inane era uma massa metamorfa
a escada interrompida
você pulava
todas as vezes
era o abismo lá embaixo
mas você pulava

quando o verão voltar
você vai encontrar aqueles cacos
traz pra mim eu quero contemplar
desejando a finitude
já vou poder sentar
as costas doem
é ruim ficar deitado o ano todo
às vezes ela vem, já tá crescida
as plantas fazem festa no quintal
contanto as horas para a aurora
sempre vem
ela sempre vem
lembra
deixa chover

# CORPORA BARBARA

# I. CORPORA

## CORPO

*para leonardo antunes*

sistema complexo composto por milhares de nomes
gregos e latinos
falange, rótula, períneo
(este pode exercitar-se)
casulo para curiosos movimentos, alguns involuntários
regidos pelas fibras pós-ganglionares parassimpáticas colinérgicas
e afins
dos quais nos libertamos quando já não temos mais
como explicá-los

## TEORIA DA LINGUAGEM

tenho sempre a sensação
que é a imagem que impressiona.
mas a minha obsessão
não é foto,        é *pathos.*
o *pathos* que assola em reverberação associativa
por sequências de pequenas insonâncias
            aleatórias ou não
que ritmam.

ouça este poema:
ele parte da constatação
que não foi defendida pela primeira vez por humboldt
nem por locke
nem mesmo por górgias o sofista
de que a palavra é mestre titereiro
titerando espírito em afetos
mexendo em convulsão com seus amores;
seus sim, não dele ou dela.

apaixonando com palavra, entonação,
sotaque ou timbre,
que é muito mais paixão que peito ou olho,
que faz você escutar poema, texto,
memória de palavra ou invenção,
com a voz de quem quiser, ou corpo.

## QUASE MESMO

*para guilherme gontijo flores*

mesmo é palavra arcaica, que nem quase
identidade quase igual não tem
*metipsimus medesimo meesmo ipse*
de igualdade mais que igual
mas mesmo mesmo não tem como
que nem quase que de como se *quasi*
faz suar
a mais sagrada lógica
            como explicar o mesmo o quase?
não tem exposição aristotélica que
dê conta do quase mesmo universal que o mesmo é
— helenisticamente sabe-se não há
na natureza mesmo:
só há, sempre,
quase.

## AUTOTRAQUEOSTOMIA

com um alfinete na garganta
abri um buraquinho
não era bem garganta, mais embaixo
pra que incidisse a luz solar
em ângulo refratário
lapidando com cuidado a possibilidade de nova harmonia
vocálica
que dissesse em assobio
mais coisas ao mesmo tempo

## VISÃO

microporos
deixam perfilar os simulacros
da ótica pré-newtoniana
que ceifam os cílios da retina

## URINA

os excrementos quando vazam de orifícios
performam momentâneas violações do princípio da
[não-contradição
tal quando e.g. o contraste introjetado em veia torna-se
parte indivisível do seu sangue
e em questão de segundos sai
como urina, num instante sua, logo não,
em luminescências futuristas
de que são feitas as canetas marca-texto

## AXIOMA

tal qual paroxismo, hipóstase,
anátema, zeugma, apócope,
hipoclorito
osteogênese imperfeita
    tanatofórica
golpe, glande, corpo cavernoso,
é palavra que ninguém entende
nem quer ter que usar boca língua dente pra falar.

mas que lá na fonte é fonte de autoritarismo
e ortodoxia,
e a ortopraxia ocidental
nos ensina que não se pode questionar sentido
sob pena de incorrer em
petição de princípio

metástase, gangrena
então amém e aleluia
rosana nas alturas
proceleusmática
jônica maior
como uma deusa.

## LÍNGUA

roçando o referente
aproxima-se da coisa a saliva espumosa
lambe-se o conceito lábil
triturando com os dentes com a pedra de toque dos *pragmata*
o frio do arcaico pó em lábios moles
como se faz ao falar com milhões de movimentos
musculares —
formas de produzir o inefável:
recite agora
carcinoma, chupeta
(aquela que envolve o pau na boca)
para sentir enfim o órgão, o instrumento, o artefato
homonimicamente
ao mesmo tempo

# A ALMA

*para brunno vieira*

como se sabe, tem três dimensões
a vegetal, a animal e a mineral
a primeira só vê sobrevivência
a segunda afaga os apetites
e a terceira, como o próprio nome diz,
segue a retidão

## UNHA

serve pra rachar e se enroscar em fios que de outra
[forma jamais existiriam
que vêm a ser para esta única finalidade
pra cair no futebol ou na primeira maratona
[ou no cuidadosamente
localizado chute involuntário em pé de cama
serve pra escavar as cavidades
apaziguando momentaneamente comichões
serve pra crescer depois que os movimentos
involuntários cessam
deixando inexplicado o acordo de cooperação entre
[orgânico e inorgânico
do qual parece ser partícipe também a coma,
[vasta ou rala
serve pra arrancar com alicate em caso de tortura
sendo este o caso em que se exemplifica, no perfazer
[das partes que a compõem
o supracitado cessar dos movimentos involuntários.

## O CAVALO E O MARTELO

*para adelaide ivánova*

a gente fala que cavalo é pferd
equus horse hippos tudo a mesma coisa
se espanta de saber que se tivesse
que amputar a perna depois de cair dum pferd
cavalo é que não ia ser martelo
mas pferd sim

que nem martelo é o martelo de ivánova
que ensina que palavra é cimitarra
          ou martelo
que em simples ocorrência faz que o termo
se finque na vergonha de ser homem
sendo homem só humano ou homem homem
          e, ao sair, degole e escalpele.

## ESPÍRITO

o espírito é o sopro que te leva passear
de noite, quando a insônia vai dormir cansada
o que explica mesmo com abluções recomendadas
o bafo matinal

## SANGUE

o sangue
  quando não reflui eternamente alegre pelos vasos
  sem preocupação alguma senão fluir alegremente
cheira mal
sai resseca escuro
por orifícios como os do nariz
eventualmente pelas órbitas dos olhos
ou canais profundos da audição
ou mesmo boca, sobre dentes
(que é quando se percebe o gosto férreo);

por vezes, em parcela em nada desprezível da espécie
sai de dentro do útero a lembrar o resto os outros
da culpa original

## ROUPA

parte necessária do sistema corporal
vestida em vez de pelo, couro, chifre ou casco
                    [no recém-nascido o quanto antes
obrigação imposta pelo órgão responsável
pela produção de pesadelos

## NARIZ

num tratado de gramática
um certo sábio se viu incitado a produzir um
conciso tratado de estética
que se apropria da noção de simetria
para definir belo

assim, não é belo o rosto cujo
nariz, muito embora perfeito em si, é
desproporcional com as outras partes;

o belo-em-si, transcendente,
naturalmente,
visto não haver agrado no que é desproporcional,
exclui os septos desviados
ou ventas largas

## SÊMEN

semente cremosa, espumosa, esbranquiçada e opalina;
em casos de abstinência sexual, amarelada
(pela morte e necrose de células haploides mais antigas)

depois de 10 a 30 minutos no ambiente
torna-se extremamente fluida
(curiosamente exposta ao ar em baixas latitudes,
a parte mais líquida evapora e fica menos fluida e mais pegajosa)
o sabor é acentuado (geralmente adstringente)
e um pouco salgado com variações relacionadas
com a alimentação de cada indivíduo

homologia une o um e o múltiplo

a ejaculação de um homem sadio varia entre 3,5 e 5 ml

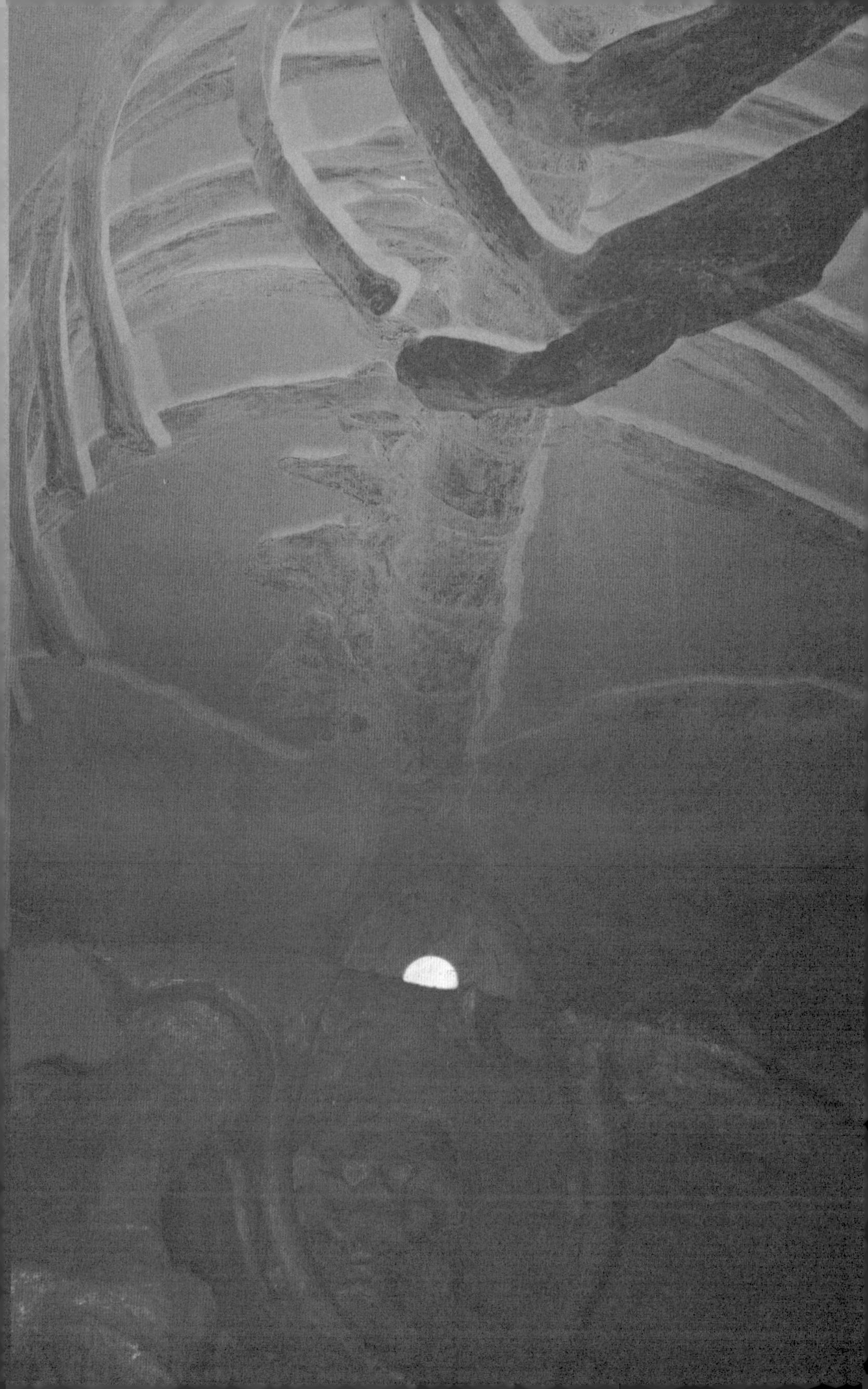

## VERME

*para sergio maciel*

respirando devagar dissolve o sopro
rareia o ar que insopra alento morno
no corpo que imediato vaza o quente e se enrijece
esfria e ganha a cor que só cadáver tem
nasce um algodão na boca e em outros orifícios
na espera longa pela tampa de madeira enquanto lágrimas
são insuficientes pra hidratar a pele
já mumificada em ocre-cinza
a tampa fecha, cai a caixa
buraco torna-se só terra
daquilo que envolvia os algodões começa a brotar verme
que tateia rasteja se enfia no vão da pálpebra
o eterizado asséptico vira chorume
o toque do recém-nascido verme torna tudo
de volta ao pó que veio, terra, húmus
o verme então é responsável pela decomposição
dos átomos compostos com tamanho empenho
reorganizando-se de volta ao universo
a terra permanece, recebe novo aporte
de matéria-prima

# II. BARBARA

## HETEROTOPIA

*para caetano galindo*

corribeirana, pós de Eva e de Adão,
da curva costa à borda da baía,
nos leva no comódio vico encurvo
de volta a Entornos e Caselo Howth.
Sir Tristrão, violeiro dos amores,
pro sobre imanso mar, já revoltara
de Armórica do Norte ao istmo turvo
pra defrender na Europa sua península;
nem serraram-se as rochas de Tompsawyer
nas margens do Oconê junto a Laurens
no gúrgio enquanto a Doblin vão caxumbas
sem parar; nem avoz de afogo meshe
meshe sessurradíssima a tauftauf
tuespedrick, inda não, mas logo impós,
nem malinara o boda a finisbunda
do sego e blando isaac; ainda não,
embora a fera veja nessas dunas
sócias de nathanjoe irmãs bicaram
omaute de papá Jem, Shen, na férvura
de arcluz, no rubrofim do arco-roris
anelando naquaface.

A queda (tratratratrovaraktá
tonantrabromibrombrodonnerthun
nerhouvska-brovhumtrovrururutur!)
de um velho truta outrora retonesto
é recontada em cama cedo e tarde
na vida via tradição cristã.

A grande queda do ônfalo acarreta
sem prévio aviso o capfjoth do Finícius,
o solidomem que o humptymorroco
deleprumprio imunda prumptamente
o inquiridor pro oriente em busca a seus
dedumptos: e sua volta pontoapique
é nos pontos de queda nos parquinhos
onde deixam laranjas sobre os verdes
lá onde o capiroto amara a leva.

Aquilo que aqui choca em queros mori-
ger antes, ostrogôdivos garrotos
lisogodivos! Brekek Kekex Kex
Kekek Kekek Kekex! Koáx Koáx!
Ualú Ualú Ualú! Quaúú! Quaúúú!
Onde ainda estão os parças Baudelários
atrás do Mestremático Malaco
Maquinxaqueca só catarrulcando
balisticamibais do branco azedo
de saco na cabeça. Assitiados
e bumoinhangues. Soligênie, tem-me
teme! Sanglórios, salve! Armas apelam
alarmes, apavolam. Matamato-
mata: um dobrão, então mais dois dobrões.
Que propinas propósitas, granéis
airados, ventilados! Que protes-
tamantes pecandúzios absorventes!
Que vero sentimento pelos seus
fiorragens com tal voz estringulada
de falso solhuçar. Aqui aqui
que quente o espalhado que encontrou
o escuretado o pai dos fornicantes
mas, (Ah meu corpo e astros cintilantes!)

como tens belabarcas firmamentos
altíssimo o ceunal da anunciação!
Mas que-cequé? Esolda? Endera esgotos?
As velhas azinheiras de antão jazem
turfas ainda os olmos pescam onde
as acinzeiras dormem. Cai se que
não queiras, vai, levanta-te, é o que deves:
e mais que breve ou pharsa chegará
à solução da secular phenice.

## A PONTE

a gente para e pensa
olha pra dentro
lembra da ponte que caiu
a ponte que cruza o rio da cidade
é tipo a ponte da memória
tá lá caída parece uma ruína
que nem esse palimpsesto sombrio
embaixo desse sol que
sei lá
não vejo sempre
que até no inverno
é quente que o diabo

## RETRATO

será que a gente consegue ver o que vai vir
nesse desejo estranho de fazer retrato
de uma menina que tá ali no fim das eras
quando ninguém mais faz retrato
será que a gente consegue fazer ou manter promessa
será que a gente ainda consegue performar
num retrato o alívio de um velho olhando a foto da menina
esperando o ano novo?

## MEU VÔ TINHA CABELOS PRETOS

meu vô tinha cabelos pretos num penteado retilíneo
nariz pontudo e um sorriso encantador
criava galinhas logo ali
do outro lado da rua
eu ia lá, comia cenoura do chão,
comia ração de galinha
que tinha um gosto ruim
mas que cheirava arroz feijão batata carne
cantava numa voz de timbre aberto
meu coração não sei por que bate feliz quando te vê
era racista mas então ninguém ligava
e fumava um cheiro apaixonante
mesmo no hospital fumou cigarro
que levavam escondido
até morrer e
brincava comigo de tomovinho.

meu outro vô era espanhol
me chamava de batateiro compra fiado e vende dinheiro
me ensinou a chamar ovo de guebo
tinha cabelo também, mas preferia raspar bem curto.
um dia eu disse que queria falar castelhano
porque gostava de castelo.
e ele me ensinou
que castelhano existia de verdade
e era a língua dele.

minha vó ficou careca e ninguém deu peruca
ela não ligava. era linda e sorria com os olhos, dentes retos.

fazia pão cheiroso e cobra assada.
quando meu avô morreu ela foi junto.
ficou em corpo.
sofria mas tinha saúde que aguentava
até o programa do datena todo dia.
um dia ela espantou um ladrão que entrou
gritou com ele, botou foi pra correr.
foi a última a morrer,
mas eu, muito ocupado,
não fui no enterro.

minha outra vó era italiana
sorria sem parar, gorducha alegre.
olhos azuis de anjo, chamava-se angelina.
quando sorria muito
era porque estava tão feliz
que até tirava a dentadura.
cozinhava
que era uma beleza
pelas mãos da filha mais fiel, estela,
ganhava sempre o crédito.

## MULTITRADUÇÃO

*para gabriela leão*

cavalgar o sol, sussurrar no seu olhar
a estrada vai também o dia as horas
traduzo-me por ti, em ti, contigo
em rimas de roberto carlos a canção
que marca toda a vida a dois e canto
— cantamos —
cada verso sem papel pra traduzir
mal anotadas linhas
memória em corpo e voz que entoa
*se você partir*
*neste dia de sol*
*leva logo então*
*com você o verão*
*e os sabiás*

## SÁFICAS

vai, me deixa andar nesta praia agora
nesta noite escura em que te desejo
volto a ver a lua brilhante de dez
    anos passados

lua que se arrasta no mar-estrada
faz chover em glitter o movimento
de uma luz que vem lá do astro cheio
    da noite escura

tal memória canta-me igual aos deuses
num deslumbre lembro das minhas dores
só pensava em ti e na cara dele
    que me assombrava

deixa que eu relembre esse sofrimento
que pra mim agora piegas soa
pra em estrofe sáfica te expiar, ó
    triste passado.

## AS DEZ MAIS pt. 2

1. saudade
... deserto intransponível da língua
3. schadenfreude
... pimenta n(o cu d)a língua do outro
5. saudade
... yearning, longing, craving, sehnsucht, banzo
6. (des)bunda
9. intraduzível
... o que não se pode deixar de não traduzir

## AS DEZ MAIS pt. 1

abandonar as inibições para se divertir
causando um estado de êxtase ou encantamento induzido pela música
e relaxamento que vem de um banho na floresta,
em sentido figurado ou literal
que dá uma vontade irresistível de beliscar ou apertar
[alguém muito querido ou amado
— um senso de realização completa e perfeita —
depois te dá aquela ansiedade ao esperar alguém,
aquela de ficar sempre checando se a pessoa já chegou
seguida de um
sentimento nostálgico de falta do passado, com alegria pela
lembrança, mas tristeza pelo tempo que não volta mais,
"sublimidade desolada e obscura", centrada na transitoriedade
[e imperfeição da beleza,
nostalgia melancólica por uma pessoa ou um lugar
ou coisa que está longe no tempo/espaço
desejo vago por algo que pode nem mesmo existir desejo
intenso por estados alternativos de vivência e
realizações da vida,
necessariamente
inatingíveis

## FOLHAS O MÉDICO FALA

chega um momento na carreira
de cada urologista
que um paciente faz um pedido tão raro
  e impossível de compreender
que toda a formação se rompe
                    e
          folhas o médico fala

## QUERIDA UM

meu nome é lizzy e eu sou um working girl.
very bonito e
difícil
carinhoso, suave e muito carinho.
estou seriamente à procura de
relacionamento que leva a qualquer coisa.
eu gosto de você entrar em contato
comigo
obrigado e deus abençoe
como você responde muito rápido.

lizzy

## ODE À ALEGRIA

muitos assombros há mas não
pode haver mais assombro que o
homem que pra além do mar
espumante por vento sul
vai; ondas ameaçando so-
bre
ti, antígone

## THEATÉS

te agrada ver o que te faz sofrer?
serás espectador da própria morte
agrada ver o que te faz sofrer?
agrada ver o que te faz sofrer
agrada-me o fazer sofrer a ti
agrado-me em fazer-te sofrer só

agrada ouvir o que te faz ver o que te faz sofrer
te agrada ouvir o que te faz morrer
te agrada ver o que te desfaz, morrer
    despedaçado
me agrada ouvir o que te vê sofrer
me agrada que te agrades em fazer
sofrer a quem te vê morrer
    agrada-te morrer?

agrada-me o teu morrer
enquanto expectas tua própria morte
todas as vezes em que morres só
todas as vezes em que vês seres visto

incorres cônscio em transgressão fatal

por que a-
final
te agrada
ver
o que
te faz
sofrer?

## A TAREFA DO TRADUTOR

*para guilherme bernardes*

cara anne carson:

seu nome em grego não quer dizer nada
mas você pergunta o que existe ao invés de ter nascido?

você diz que sempre volta ao brecht
que botou antígone a peça inteira com uma porta amarrada nas costas
diz que uma porta pode ter sentidos diversos
você aqui fora da sua porta
ela ali fora da porta
engraçado é que eu também estou fora da porta
não vi o lado de dentro
ou se tem um lado de dentro, quem é que pode entrar?
você me faz sentir que nunca poderei entrar.

seu resumo:
pra família que morava lá dentro, as coisas deram muito mal
ter um pai que é irmão
é ter uma mãe que é avó
uma irmã que é sobrinha e é tia
e outro irmão que se ama tanto que se quer deitar com ele
"coxa com coxa na cova".

*ai você é uma exagerada!* seu pai sempre te dizia
você cita hegel chamando a mulher de "eterna ironia da comunidade"
dá pra te levar a sério?
vocês são a "antígone entre duas mortes", como diz lacan
ou uma paródia da lei de creonte na linguagem de creonte ou butler,

ou então "um exemplar do intelecto masculino e sentido moral"
enquanto pra vários críticos contemporâneos — e para mim
— vocês (meio previsivelmente)
soam meio comunistas.

você diz que ela causou boa impressão no alto escalão nazista
e ao mesmo tempo nos líderes da resistência francesa
quando eles sentaram juntos pra assistir
a *antigone* de anouilh.

paris 1944:
diz não saber qual era a cor dos olhos da atriz
mas pode imaginar ela revirando eles de tédio
e eu, você, pra mim.

voltemos pro brecht então, você diz que ele foi quem fez melhor
a antígone.
"carregar a própria porta faz alguém ficar
esquisito, cansado, estranho"

"bom, isso é problema seu"
o meu problema é trazer vocês e os seus problemas
do inglês pro português
(via grego antigo)
por inveja, por amor, por ódio,
desejo irrefreável.

horror e crimes e tantos anos juntos, uma família,
o que nós chamamos de família
você diz que "uma de minhas memórias mais remotas",
citando john ashbery na revista *new york* em 1980,
"é a de tentar descascar o papel de parede no meu quarto,
não por animosidade

mas porque parecia que devia ter alguma coisa fascinante
atrás dos globos, galeões e telescópios"

cara anne,

você fez da *antígone* de sófocles a sua *antigonick*
sem tirar o nome dele da capa
mas deixou em minúsculas
entre parênteses.

você levou ao limite do paroxismo
qualquer noção de identidade
manteve tudo que ele disse
disse tudo diferente.

você criou algo só seu
sem deixar que fosse dele.

você teceu com fios de sangue
uma nova eurídice que estava lá
que reclama de ter tido uma só fala
no texto grego,
mas que no seu sai sangrando
por todos os orifícios.

você diz que isso te lembra beckett que descreveu numa carta
suas próprias aspirações quanto à linguagem:
"esfolar lacuna após lacuna até ver tudo aquilo que se
esconde detrás delas".

cara an[tígo]ne: vocês também nos dão mais fé
com uma organização profundamente *outra* que subjaz
o que vemos e o que falamos

citando creonte, vocês são *autônomas*,
palavra composta de *autos*, "própria", e *nomos*, "lei"
autonomia soa como uma certa liberdade
mas vocês não estão interessadas em liberdade
seu plano
é se costurar em sua própria mortalha com os pontos
mais diminutos
como traduzir isso?

anne,
como traduzir isso?

você diz que se inspira em john cage que, quando perguntado
sobre como compôs 4'33", respondeu
"eu construí essa música com muitos pedacinhos de silêncio"

an[tígo]ne, vocês, não
não mais que john cage, aspiram a uma condição de silêncio
vocês querem que escutemos o som do que acontece
quando tudo que é normal/musical/cuidadoso/convencional
[ou pio é levado embo

ó irmã e filha de édipo, ó dupla voz que repete e subverte,
quem pode ser inocente ao lidar com vocês?

cara anne,

você me fez querer ser você.
para sofrer tudo que uma mulher sempre sofreu.
ansiando fazer minhas suas palavras,
sem deixar de ser só eu,
sem deixar de ser você.
mas sem querer ser sófocles.

seu creonte dá vontade de me apunhalar
        e ser ele
pra cair do alto da mais alta *hybris.*
em honra a vocês.

nós sofremos por causa de vocês
você cita ingeborg bachmann
num poema que começa com
"perdi meus gritos"

cara an[tígo]ne,
considero a minha tarefa do tradutor
não deixar que vocês jamais percam seus gritos

# PSICOTRÓPICAS

*para luci collin*

tem algo na vazante do orifício que se adumbra no penoso
[fímbrio calcutado no penhasco
tem algo que se encera no tonante perfurar do céu intenso
[azul polar
tem algo na linguagem do penhasco militar que enfrenta
[vasos do vermelho que ancestral
tem algo intenso austero no verbera-se entroncado no orifício
tem algo de cheirar que adentra a venta suprimindo ocaso
[velho pirilampo magiar
tem algo solta fosco no bolero enternecido fugaz   tem
algo que se esconde nos escombros seculares do recurso alveolar
tem algo que se encrava no orifício pendular que solta farpas nas vidraças
tem
algo que atropela a deus dará   e ao fim e ao cabo isenta tem   algo
tem algo que de algo se faz alto no entrementes do vagar no mundo auspício
estranho algo tem algo tem muito tem mais que algo que soçobra
tem algo na circunferência dessa terra que se encontra ao circundar tem
algo nesse drama que anuncia que algo tem algo não

tem

a massa inerme da umidade
como imenso bloco
expande-se pra além do que se sente
no auge dos sentidos

esfera expande-se
da cavidade em sensação ilimitada
de um universo sempicentrípeto
além do centro multilocalizado

do multifocalizado ponto de onde olha
o centro expande-se atormenta
o zero pra onde tende a gravidade

o zero expande-se de fora a
tormenta implode o zero dentro
de onde o onde fora dentro certo
até que a luz da aurora vacilante

perfura a terra inverte a gravidade
lança terra afora a massa inerme
do bloco escuro da umidade

o filho de apolo
abandonado ao nascimento
na cestinha cresceu virou
o zelador
caçando fezes das aves sagradas

muito se passou até que se entendeu que
a falcoaria é o que daria conta
do extermínio em nome do urbanismo santo

chamou-se o eficaz
clérigo
espanto, só falcões
dariam conta de
purificar o patrimônio

decolagem quase vertical
mergulho certo
salpica-se o assoalho pétreo

longa trilha
no lento caminhar
cerviz curvada pelo peso do marfim
percurso estranho de
tempo em câmera lenta
até a inevitável extinção

opacamente em transe
o trecho mais ocidental do maxilar
vertendo em lento cântaro
produz em prisma um halo de neon

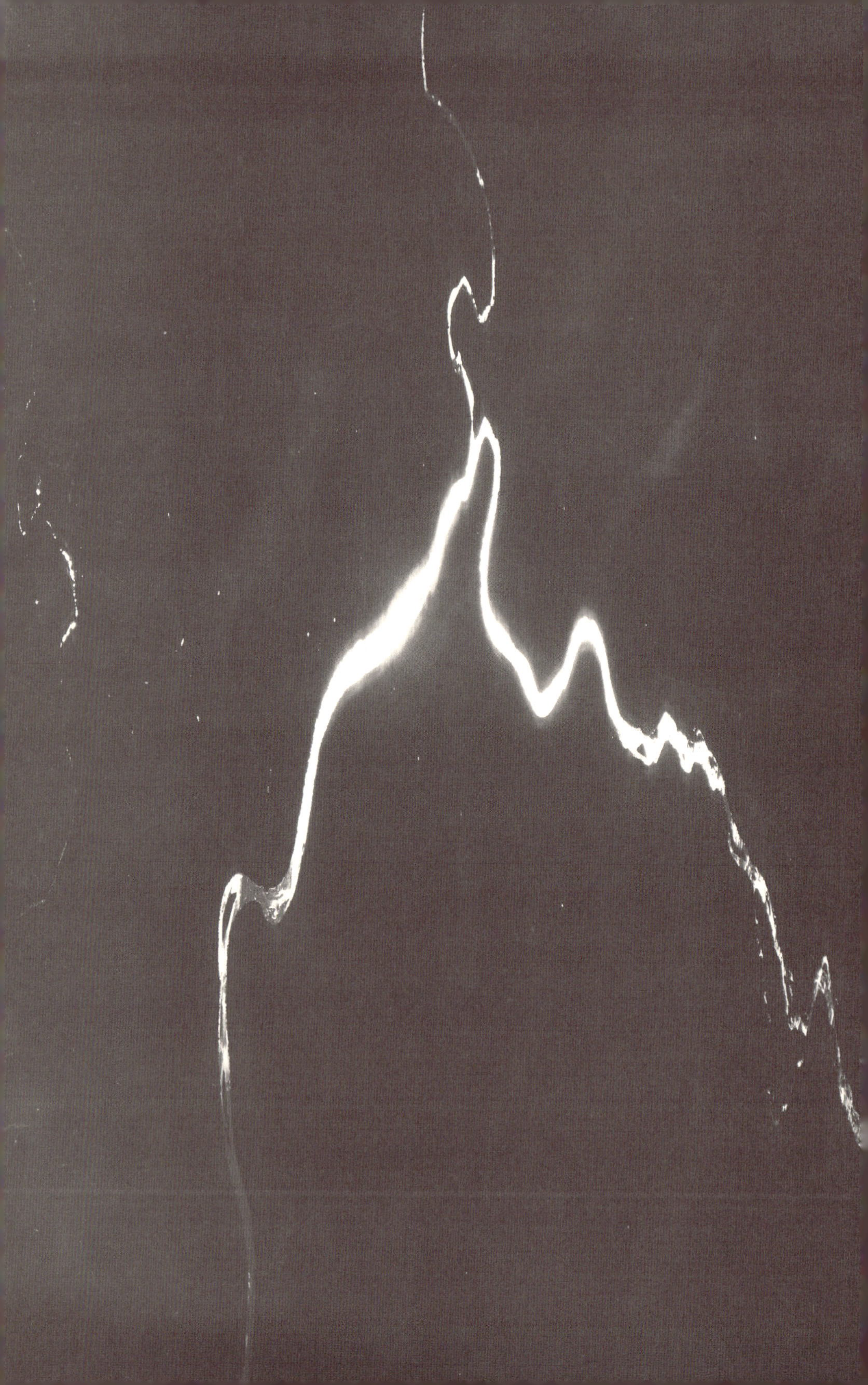

## CAUSA SUI

segue em ciclos o cavalo alucinado
sem tocar a terra
em pista longa obdura em multicores
segue em ciclos
elevação superalada em transe intenso
psicotropel reverberado peso
em ciclos no escuro luminoso um escorregador
induz catábase
segue
só se acaba
com pupila dilatada ao sol em si

o escuro contra a meia-luz da poltrona púrpura
lembra um filtro que interpõe-se à vista projetada
forçando o foco em uma coisa
apenas filme
perdido na disposição-mistério das conformações aleatórias
do que dependuramos nas paredes
que mal distingue-se em
meio a pendurados variados
enquanto o canto semiatrofiado dos palácios abstratos busca
em vão
com algum esforço
intencionalidades simples

# DORA II

a morte é natural,
a vida acaba.
ficam as palavras,
todas, que a gente queria te dizer, que a gente disse,
que afundam no recôndito soluço
que insiste em não sair.
se nada vem do nada e nada vai pro nada,
de onde você veio, flor,
pra onde foi?

## MONTE ESTRANHO

desvio aleatório como clinamen
faz da expectativa de que tudo nasça bem
um jogo eterno insuspeitável estupor
nasce só otimismo
sempre sempre minuciosa vivissecção
de linhas virtuais de multiversos
como aborto     cirurgicamente
pos     posto     ao nascimento

## MONTE ESTRANHO II

improviso espinhos esfericamente impressos
num arpejo processado de gainsbourg
que existiram
pra mim ao menos
pra me lembrar de que era fácil
embrenhar-me em exercícios suasórios
retréticos
quando a narrativa dominava o que
parenecia compreserensível
antes de eu conhecer tão bem os corredores daquele hospital
– aqui furto sentimento

dorme a criança e no meio da noite
pica-me o pé descalço
qual?
a enorme aranha
no banheiro
e eu em torpor estilizado
busco um meio de comparecer ao hospital
deixando simulacro na poltrona

## MONTE ESTRANHO III

e se eu quebrasse todos os seus ossos um a um será que
[você choraria a noite toda
ou dormiria nos meus braços horas horas horas depois
ou quebraria só de tanto que chorou
a morte é de verdade
não é pra cantar
se você tivesse aqui diria corvo dormindo
sua irmã te chama pelo nome sem saber

você vai dormir na rua?
você vai voltar?
você vai morar no céu?

## O SOFRIMENTO SE AGASTOU NOS RECÔNDITOS CARDÍACOS

fez mansões mansardas ilhargas promontórios
e afeito ao pouco espaço
do torpor
acostumou-se às vagas da oxigenação
criou raiz tão forte que, insentido,
criou topografias insensíveis
insensificou
e aí ficou.

lá perto das montanhas
é um lugar de névoa
um dia quis voar pra te encontrar por sobre as nuvens
quando eu sonhava que voava
cresci voar
não sonho mais

não sei o que fazer com suas cinzas
guardadas entre as roupas
até que aprendam a nadar
e nadar seja tudo que elas façam

são tão poucas fotos
que sobraram de você
que tenho até medo de olhar
entrepassos do passado
como o suave
compasso em que percute inesperado som
como o bater de ferraduras distantes
no escuro

aos poucos os pequenos dígitos de horas dias
viram anos
vergonha insone da amnésia
não lembro
mais
de ti

morrermos todos juntos é o desejo
mais sublime

não ter inferno ou céu é o desejo
mais sublime

morrer antes de todos é o desejo
mais sublime

me espanta a permanência das coisas que a
gente faz pra se sentir mais duradouro
o rodapé a coluna a relação
a colagem microatômica
suprassegmental
universal
o pó

esticar a longa elocução
palavras de farinha
pra fazer bolhas de ar
que inflamem
no forno

destroços de linguagem claustro
ensacam lixo que acumula
até que eu ache o tempo precioso
sempre ocupado
pra te levar pra fora
onde pegam
e some
ou some ou pegam
e vai pra longe
e vira minhoca ou
furo

queria correr até acabar a superfície plana
que sói parecer ondulada
do chão
que sói que sói que sói
ser só meu
como o ranger que causa a língua que se lava se lava
como o entrefrio do lábio semiúmido
sobre a pele acima

enquanto a natureza orquestra a sua cura
e a noite apaga o quente da sua têmpora
e dormem muitos pontos
me entorpeço
aguardo calmo os fôlegos o pêndulo
binário volta e vai do tempo frágil
escuto o corvo o pássaro da noite a sombra
a luz por sobre as pálpebras pesadas
xamânicas
aguardo o trôpego corcel da luz aurora
o rarefeito alívio para os mastodontes
que inflamam a aura algo difusa
dos meus pés

pisando em lesmas que brotam da escada
que existem só na madrugada
habito o vão do mundo o espaço
que coexiste em portais de eteridade
sobrepostos ao buraco nunca iluminado
de onde brotam lesmas
vivas pela mesma vida
que ora habita em mim

o negro hotel
flutua alguns milímetros acima
do chão irregular de uma floresta
um bioma incognoscível
porque produto de algum sonho
impasse

sonho-impasse paroxismo
inimputável
como a força impele
à morte
os que não deixam nem bilhete

sonho-impasse paroxismo
inimputável
como a força impele
à morte
os que não deixam nem bilhete

embora embora fosse
voltava
eu te avistava na janela
o impulso incompreensível
visão profética da vida
levava
a longas caminhadas
e vigílias
e sono superfície
multiplamente interrompido num sábado
de manhã
num sábado
pela manhã
num intervalo em timbre agudo
queria chamar
quando acordava triste
num sábado
sem você

*para rafael dabul*

falta o fim do ruído incessante
pra que ouçamos as folhas
não seu farfalhar, mas o murmúrio
telepático de
suas aspirações mais altas

*para marcelo ariel*

membrana de névoa sobre a córnea
impede a vinda dos corpúsculos
do que é
deixam passar uns, outros
não
num branco de neblina atemporal
ar-condicionado pras percepções inadumbráveis
– espanto com fechar das pálpebras;
vêm então as bolas de um baile estroboscópico
música púrpura dança
em ondas cujo centro é sempre o mesmo
no espaço do interstício entre a percepção e o delírio
quando a tensão das cordas vocais produz o mais alto da escala
pra que ouçamos com o tato a voz mal existente

definição de paraíso desejo da perda
foi ariel que disse não sei mais
procede parece
faz retumbar o som que é o que diz
pois há esses sons que levam ao paraíso
porque efêmero amor do inalcançável
como a voz que não é minha
como a voz de quem pode partir
e que sei que vai

bruxuleia a trilha
os fogos
primitivos ventos
que causaram a
causa primeva no
galho graveto retorno
de tudo que nasce e
consome
o fogo
a fome

délia nave
quilhas são palavras tão ousadas
rasgam mar e ouvido atento à
concha eternamente
soando oceano
enquanto délia só
pode ser azul

## O SENTINELA ESPERA

tanto tempo
olhando o monte na distância
onde sabe que um dia talvez
o fogo vá brilhar
sentado espera vaga
sem nunca
deixar de olhar
o monte o topo
onde outro sentinela espera
sentado em pé
sempre   paciente
olhando o outro monte
onde um dia talvez
acenda o sinal
de            fogo!
sempre esperado
função perene
em turnos desumanos
espera o fogo no outro monte
onde outro sen-
tinela espera
ávido
manhãs adentro
a noite acaba sempre
se chove ou sol já brilha pós-aurora
é o máximo de diversão que espera
sentado em áspera
espera
olhando o outro monte

que se acende
um dia
ainda não
cajado é companhia
eterna
enquanto observa
o monte onde outro
sentinela
espera

## APOCALIPSE PÓS-ONÍRICO

*para rob packer*

apaga logo a luz
não sei onde é, caralho
tem botão demais aqui
dá pra ver que já não tem janela acesa
em lugar nenhum
acabou
eles vão ver
vai logo
apaga a luz
que fome
to tentando, porra
tem botão demais
apaguei, pronto
olha lá, acendeu, naquele prédio
eles chegaram
tinha duas lá
escondidas
eles são cinco

acorda, acorda
com quem você tava falando?
era eu
não pode
ser
era eu
não quero mais voltar
acende a luz
era eu

prefiro não dormir
daqui a algumas horas vem o sol
era eu
volta lá
era?
volta
não
espero
espera

era aquele ali.
décimo-sétimo andar.
já chego.

*para lucrécio caro*

eu cherei pó no peito do cadáver de
mim mesmo
no meu
 próprio
funeral

“tua bela casa
bela esposa
e as crias que a ti correm roubam beijos
enlaçando teu pescoço
que coisa mais bonita
nem teus bons negócios
lucros dividendos
nada disso mais terás
*hélas*”

mas quem disse que isso importa
que falta vais sentir
estando morto?

sentir pena de si mesmo
só por ser mortal
ter medo da claustrofobia no caixão
imaginar a dor dos outros no velório
como se você tivesse ali do lado
mão no peito do cadáver
recebendo condolências

o que te dói mesmo mesmo é
ver que isso é besteira
saber que morte é
necessariamente o fim
dessa funérea fantasia

*Este livro foi impresso em papel pólen 90g/m², tipografia Crimson, no inverno de 2018.*